JABÓN

A mi hijo, Jack

Título original: *The Sea of Bath*
© Bob Logan, 2010
© Sourcebooks Inc., 2010

© De esta edición: Ediciones Jaguar, 2013
C/ Laurel 23, 1. 28005 Madrid
www.edicionesjaguar.com

© De la traducción: Merme L'Hada

ISBN: 978-84-15116-74-5
Depósito legal: M-9798-2013

# AL ABORDAJE

## Bob Logan

miau

El Capitán estaba durmiendo en su barco…

...cuando comenzó a subir la marea.

Él ya había navegado por mar en muchas ocasiones,

¡pero de verdad que este
era un mar muy curioso!

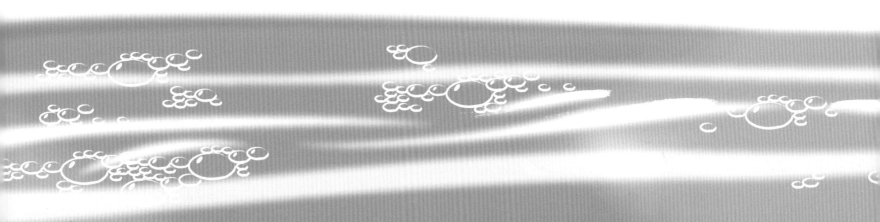

¡Por este mar navegan patos que hacen CUEEECK en vez de CUACK...

...y los buceadores persiguen a los cocodrilos...

...mientras los osos que hacen pompas
de jabón persiguen a los buceadores!

El Capitán a veces se pregunta acerca de
este mar tan raro y sus extraños viajeros.

Caen gotas del cielo... ¿Estará lloviendo?

S.S. Rubb

¿O es una alegre ballena
que quiere jugar a la pelota?

¡Qué olas más locas!
¿Significa esto que se acerca una tormenta?

¿O son un montón de barcos en plena batalla?

¿Querrá este pequeño barco llamado
*Jabón* echar una carrera?

¡Un empujoncito de una criatura marina ayuda al Capitán a tomar la delantera!

El viaje del Capitán llega a su fin, y siempre lo hace de la misma manera...

El mar va *bajando...*

Hasta que el mar
desaparece.

¿Descubrirá alguna vez el Capitán
en qué mar está navegando?

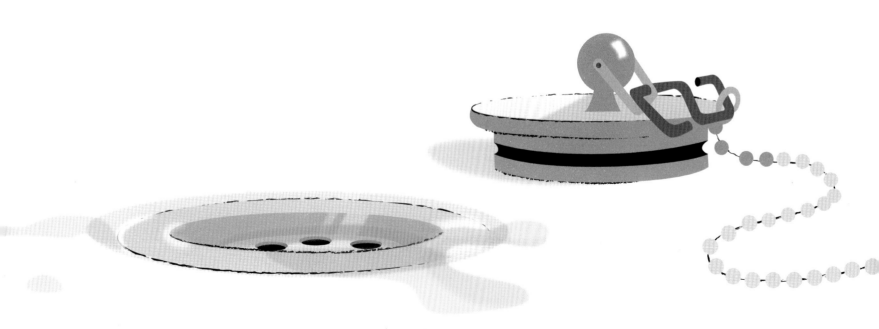

Tal vez mañana.

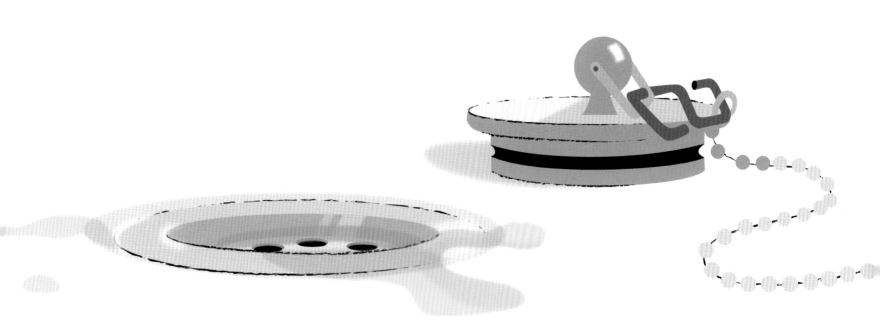